LOS ÁNGELES DE ADRIANA

NOTA DE LA AUTORA

Los ángeles de Adriana se inspiró en la experiencia de una familia real que se fue de Colombia para comenzar una vida nueva en Chicago. Los padres de Adriana y otros que buscaban la paz y la justicia en su país fueron amenazados por personas violentas. Cuando llegaron a los Estados Unidos pidieron asilo político al gobierno. (*Asilo* significa 'refugio'.) La gente que pide asilo son un tipo especial de refugiados: tienen que dar prueba de que en su país de origen corrían peligro debido a sus creencias políticas o religiosas, su cultura o nacionalidad, o el color de su piel. Igual a la familia de Adriana, los que reciben asilo pueden quedarse permanentemente en su nuevo país.

LOS ÁNGELES DE ADRIANA

Por
RUTH GORING

Ilustrado por
ERIKA MEZA

First edition published 2017
Printed in the United States of America
23 22 21 20 19 18 17   1 2 3 4 5 6 7 8
ISBN: 9781506425078

Written by Ruth Goring
Illustrated by Erika Meza
Designed by Mighty Media

Library of Congress Cataloging-in-Publication Data

Names: Goring, Ruth, 1954- author. | Meza, Erika, illustrator.
Title: Los Angeles de Adriana / por Ruth Goring ; illustrado por Erika Meza.
Other titles: Adriana's angels. Spanish
Description: First edition. | Minneapolis, MN : Sparkhouse Family, 2017. |
    Summary: Angels Milagros and Alegria reassure young Adriana of God's love
    as she and her family are forced to flee their home in Columbia and start
    anew in Chicago.
Identifiers: LCCN 2016046709 (print) | LCCN 2017005701 (ebook) | ISBN
    9781506425078 (hardcover : alk. paper) | ISBN 9781506426983 (Ebook)
Subjects: | CYAC: Angels--Fiction. | Refugees--Fiction. |
    Immigrants--Fiction. | Family life--Illinois--Chicago--Fiction. |
    Colombians--United States--Fiction. | Chicago (Ill.)--Fiction. | Spanish
    language materials.
Classification: LCC PZ73 .G65 2017 (print) | LCC PZ73 (ebook) | DDC [E]--dc23
LC record available at https://lccn.loc.gov/2016046709

VN0004589; 9781506425078; JUL2017

Sparkhouse Family
510 Marquette Avenue
Minneapolis, MN 55402
sparkhouse.org

para **BEATRICE**
y
la **ADRIANA** *real*

Cada mañana los ángeles de Adriana
se alegran de verla.

Se codean y sonríen cuando su
pequeña nariz y su cabello rizado se
asoman entre las cobijas.

Cuando Adriana bosteza y se estira
frente a la ventana, los ángeles piensan
que se parece a su gata Violeta Parra.

Los ángeles de Adriana se llaman Alegría y Milagros. Su jefe es Dios. Su tarea es velar por Adriana y ayudarla a mantener el equilibrio en la mano de Dios.

A Milagros y a Alegría les gusta su trabajo.

Alegría y Milagros son muy altas y fuertes.
Sus cabezas siempre se inclinan hacia un
lado, para escuchar las instrucciones de Dios.
Ellas siempre escuchan. Cuando Dios les dice
que hagan algo, siempre lo hacen.

Los ángeles hacen su trabajo en silencio. Casi siempre susurran en vez de gritar.

Por lo general se mantienen al margen. No sienten ninguna necesidad de hacerse notar.

Una vez cuando Adriana era bien chiquita y apenas estaba aprendiendo a caminar, su hermano Pablo hizo rodar sus camiones desde el balcón, sin saber que Adrianita iba caminando justo debajo. El camioncito amarillo se estrelló en la acera delante de Adriana. El rojo cayó ruidosamente directamente detrás de ella.

Adriana ni cuenta se dio de la caída.
Siguió caminando como si nada.
Los ángeles habían tenido éxito.

Un día, el padre de Adriana recibió una llamada que
borró su sonrisa habitual. Después de colgar, habló
en voz muy baja con la madre de Adriana. Entraron a
la biblioteca de la casa y cerraron la puerta tras ellos.
La casa se puso muy callada.

Adriana le preguntó a Pablo: —¿Qué es el *peligro*?

Pablo le dio unas palmaditas en la cabeza. —*Peligro* quiere decir que alguien podría hacerte daño. Pero no te preocupes. Dios, papá y mamá nos van a cuidar.

Semanas después, la familia de Adriana tuvo que salir de su casa e irse lejos.

Se mudaron a Chicago.
Adriana se sintió triste.
La nueva casa no tenía balcón,
y el invierno era demasiado frío.

Cuando la gente hablaba, les salían sonidos raros de la boca. Su mamá le explicó que era inglés, un idioma diferente.

Alegría y Milagros cuidaban a Adriana
mientras dormía en su nueva cama.
Le susurraban mensajes en la noche.

—¡Dios te sostiene todavía en su mano fuerte!
Estás en tu propio hogar —le aseguraban.

Adriana entró a estudiar en una escuela,
y ya se ha acostumbrado a hablar inglés.

Pero a veces sus compañeras de clase le dicen palabras puntiagudas. —¿Por qué te la pasas leyendo? —se quejan.— Qué aburrida eres.

—Además esos colores de ropa no combinan.

Tales palabras caen como filosas piedritas en el corazón de Adriana. Ella finge que no le importa, pero las piedritas le traquetean por dentro, duelen, lastiman.

Cuando Adriana siente el frío y el peso de las piedritas en su corazón, Milagros y Alegría escuchan a Dios con mucho cuidado. Dios sabe exactamente cómo sacar las piedras.

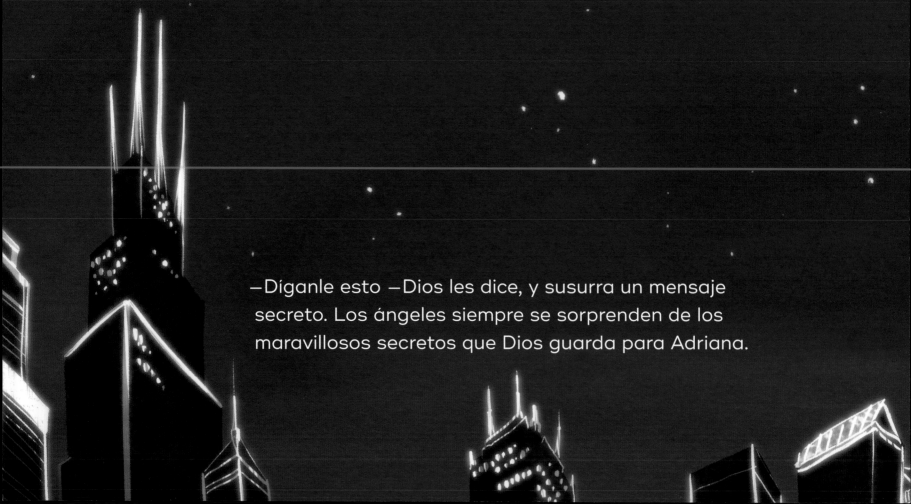

—Díganle esto —Dios les dice, y susurra un mensaje secreto. Los ángeles siempre se sorprenden de los maravillosos secretos que Dios guarda para Adriana.

Mientras Adriana duerme, los ángeles se asoman a sus sueños. —Adriana —le dicen en el lenguaje de los sueños—, ¡Dios te ama!

—Dios quiere ser tu mejor amigo.

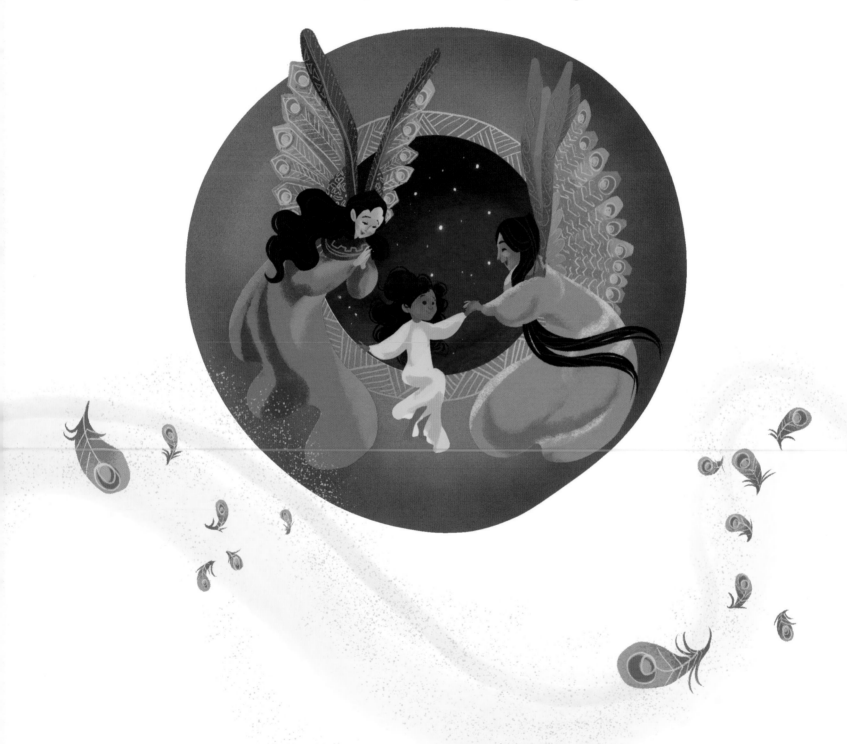

Adriana no se despierta. Se da vuelta sobre su costado, y las piedritas se le caen y se pierden entre los juguetes que están al lado de la cama.

Los ángeles tararean una cancioncita celestial,
y en sus sueños Adriana ve una niña de pelo
oscuro y rizado, envuelta y meciéndose en la
grandiosa y cálida mano de Dios.